그대만 아픈 것이 아니다

이수행 시집

오후시선 06

그대만 아픈 것이 아니다

시 이수행 | 사진 박균열

역락

말라가는 입술에 매달린 소리 없는 숨
바튼 생활을 꿰매다 지친 마음속 사랑은
하오의 실루엣처럼 가뭇없다.
시간은 서걱대는 바람처럼 떠나가고
오명과 부끄러움 그리고 과욕이 빚어낸
파장들이 중심을 잃고 흔들리는
아프고 쓸쓸하기 그지없는 와중에
세 번째 시집을 묶는다.

2020년 봄

이수행

끊임없이 흘러가는 생의 길목에서 만나

때론 덧없이 사라진다해도 나는 다시,

그대 앞에 서 있겠노니

1부

스스로 나고 피고 지고 사라지면서

제 생 몫만큼 똑 채워내는 공명들

여서도의 밤

어둠마저 수말스런 마을 저 멀리
하늘만이 아는 천수 논다랑이에선
하염없는 울음소리 아련하여라

통증으로 서걱대는 늙은 어부 침소
낡은 들창을 흔들며 침을 놓듯
시방十方을 채워내는 풀벌레 소리

화석을 닮은 돌담을 기어오르는 화초떼
등짝을 향해 무차별 쏟아 붓는 화살촉들
무영無影의 비명소리, 온 우주가
환해지는 저 어둠과 빛의 사투들

스스로 나고 피고 지고 사라지면서
소리 없고 형상 없이도 우렁우렁한

향연이 되고 한 치의 흐트러짐 없이
제 생 몫만큼 똑 채워내는 공명들

영
산
포

가
는

길

혼백의 춤사위 같은 억새길 구비 구비
그대와 함께 늙어가고 싶었던 풍경들

기다리다 기다리다 홀로
몸져누운 목선 한 척

어찌할 수 없어 불덩이가 된 노을
횡~횡 귓등 후벼 파는 너의 웅풍

늘 쪼그리고 앉은 어설픈 생
죄 불 지르며 걸었던 그 길

우수영에서

바다가 운다는 것, 비명처럼 우는
바다가 있다는 것을 처음 알았다

은빛 바람이 물어 나르는 화음만으로
무연히 쓸쓸해질 수 있는 바다
한 사내의 목울음 닮아 더 시큰한 포구
우수영에서 나에게 묻는다

스스로 곤두박는 일이라도 결코
내 줄 수 없어 옹이로 박히고 말았던
누구도 함께 할 수 없었던 그 때,
외로 걸어왔던 그 길에 대해 …,

검은 수의를 걸친 밤, 바람처럼
결코 되돌릴 수 없을지라도

자꾸만 회돌이 치며 울어대는
너를 향한 그리움이 무엇인지…,

한없이 울어대는 밤바다가 되어
묻고 또, 묻는다

생일도 연가

생일도 산등성이
외딴집 쪽마루에서 만난

첫 정을 쓸어안고 울다
달맞이꽃이 된 여인

사랑 앞에 절망은 없다
놓쳐버린 건 내가 아니라
오지 못한 그대다

사
루
비
아

소낙비 속에서
목이 꺾이는 샐비어가 물었다

그대는 아직 불타고 있는가
군불 같은 뙤약볕 속 섬처럼
숨이 멎을 만큼 불타 본 적 있는가

격정과 적막이 접전인 고도
폭풍 어귀를 부여잡고 서 있는 사내여

칼침 같은 빗줄기에 척추가 꺾이고
살점이 뚝뚝 떨어져 나가는 형벌
초연히 받아내면서

그대에게 주어진 밀명
지켜낼 수 있는가

여*

보이지 않아도 기실其實한 것이 여다

지상의 제 생은 보이지 않는
만져지지 않는 여를 참구하는 일

제 삶을 다 갈아엎어도 다가 설 수 없는
끝내 들어갈 수 없는
고통의 바다에 던져진 채 몸부림치는

청산 앞바다 어디에도 있을 여,
그 여를 생각하다 청맹과니로 만난 여
해울음 속으로 잠겨가며 울어 외는 여

끝내, 한 소식도 듣지 못한 너,
나의 여

*여 : 물속에 항상 잠겨 있어 물속으로 들어가지 않는 한
보이지 않는 바위

사포나루에서

노을이 녹아버린 애간장처럼 걸려 있는 사포나루
가을 무서리처럼 서 있는 사내여

유상한 것은 무엇이고 무상한 생은
또 무엇이란 말인가

무정한 것이 유정인 것을…,
어찌 유정과 무정이 다르단 말인가

노을은 내 여윈 손목을 부여잡고
저렇듯, 울컥울컥
피울음 쏟아내고 있는데 말이지

만나지 못한
기다림도 사랑이다

우두커니 서서
천지 맞닿은 망망대해
하염없이 바라보다
눈이 빠져버린 그 날

쑥쑥 아리고 쓰라린 눈시울
벌겋게 물들이던 노을
펄펄 끓는 내 등짝
한정 없이 후벼 파던 그날

다시는 오지 않을
그 날

가을여수

추억 속의 동무들이 하나둘 세상을 등지는 나이가 된 요즈음
기억에도 가물가물한 동무들이 자꾸만 강 언덕에서 손사래를 친다
환한 웃음보다는 희끄무레한 백발에 입술을 적실 듯 말듯 한
엷은 미소를 보내다가 이내 먼 강을 하염없이 걸어가는 뒷모습이다

순간, 아주 천천히 그 동무 뒷모습 따라 강둑길을 걷는다
문득, 하얀 억새꽃 길을 만나고 해울음이 불을 놓는 시절을 만나
그만, 억장이 무너져 내리는 소년을 만난다 온 청춘을 다 갈아
엎은 순정을 안고 길을 묻는 소년은 반백의 중년을 만나지만 낯설다

무언가 전해 줄 말이 있는 것처럼 뒤돌아볼 뿐 소리는 들리지 않는다
다만, 입 모양만 허공에 하얗게 흩어질 뿐이다

눈보라

결코 보낼 수 없던 사랑
절망 끝에서 기다리던
그 사람

한 생애 내내
뼛속 후벼 파는
그 사람

온 천지 쥐어뜯으며
울부짖는 사내, 시퍼런
살점 같은

눈보라
눈보라

불타는 고래

청산 앞 바다에서
하늘과 접신하는 고래를 보았습니다

붉은 화염 토해내는 노을 속에서
춤을 추는 고래를 만났습니다

아무것도 할 수 없었던 청춘
견딜 수 없었던 첫 정처럼
먹먹한 풍경이었습니다

전장포 토굴 앞에서

전쟁과도 같았던 청춘 한 자락
어쩌면 저 토굴 속에 있을지 몰라

칼칼한 젓국이 된 여린 사랑이
꿈을 꾸듯 잠들어 있을지 몰라

잡힐 듯 다가서는 생의 노을빛
순정처럼 삭혀지고 있는지 몰라

야
화

살결에 부딪는 햇살처럼

눈부신 광휘 한 가운데

무영무음의 울음소리

밀어처럼 품고 있는 그대는

누구?

2부

때론 버팅기고
스스로 뒤집어지면서
나를 만나는 강

조응 照應

햇살과 연두가 빚어낸
무쟁無諍한 빛깔 사이
섬마을 산 다랑이

갈가리 갈라진 손등 닮은
연초록 힘줄들 보게

쫓기듯 기어오른 비탈들
뼛골 잘라가며 벼려낸 연명들

생사 영육이 하나이듯
들썩이는 물성物性들 보게

추일엽신

부산하기만 했던 생이여,
어찌 독고를 쓸쓸해 하는가

홀로 여위어 가는 저 강물을 보게
늙어간다는 것은 순정에 드는 길
생의 여백을 찾아가는 길이거니

목 놓아 울어도 보고, 은전처럼
눈부신 억새 길 바람이 되어 저,
강물과 함께 무심정 흘러가 보게

봄, 강을 지나다

기다리던 사람은
끓는 강물입니다

나는 강물이고 싶습니다

꽃잎이 심장을 적시고
파도가 가슴을 후려쳐도

나는 아직 강물입니다.

펄펄 끓는 심장 입니다

영산강 심방곡 榮山江 心方曲
— 봄

천·지·수·화·풍의 우주, 그 순환의 화음에 화들짝 놀란 만물들

엄동의 삭풍 속에서 삭혀지고 우려진 생의 진국들

검은 수의를 뚫고 깨어나고 있으니, 생이란 이렇듯

어둠 속에서도 신명이 자라고 있구나

달뜨면서 부풀어 오르는 저것들, 저마다의 씨앗들

온전히 썩어 전부를 내어준 저것들, 비로소 촉촉한 땅

바람이 되고 꽃이 되었구나

꽃을 염탐하다 스스로 불콰해진 시뻘건 장정들

불같은 입김 내뿜으며 끝끝내 헉헉대고 있구나

영산강 심방곡 榮山江 心方曲

— 여름

바라보는 것만으로도 경이로웠던 그 사람
넘실대는 푸른 초장과 갓 태어난 풀꽃들
아무렇지 않게 흐드러진 이름 없는 화초들
하염없이 뿌려대는 꽃비 속에서 초례청을 차리고
싶었던 시절 아직 흥성한 초록으로 남아 있구나

오싹하게 눈부신 플라타너스 교정에 남아
은빛 갈기 풀어 헤치며 너를 기다리고 있구나

영산강 심방곡 榮山江 心方曲

— 가을

생리를 멈춘 여인의 몸처럼 잉태를 꿈꿀 수 없는 강이여
아직은 첫 만남, 첫 사랑, 첫날밤의 풋내를 기억해 다오

끊임없이 흘러가는 생의 길목에서 만나 때론 덧없이
사라진다 해도 나는 다시 강물 앞에 서 있겠노니

상처에서 피어올린 꽃잎이 더 깊고 짙은 향을 머금듯이
아프고 쓰라린 저 둔덕 억새처럼 혼 불 놓으며 울어 외리니

죽어서야 비로소 신생이 오듯, 가을의 혼백처럼
바람 같은 생 부려 놓으며 첫 처소로 다시 돌아가리니

영산강 심방곡榮山江 心方曲

― 겨울

백설로 덮인 세상 참 따숩기도 해라
절뚝이며 걸어 온 강 위 하얀 누비이불 덮이고
성가신 세간살이 시전 좌판들 다 동여지고
시나브로 세상은 솜이불 속으로 들어가느니

고요하고 적막하되, 외롭고 쓸쓸해하지 마라
아프고 저린 것들, 쓰라린 상처들 덧나지 않게
소복하게 덮어 따숩게 품어 주리니, 강이여

늦은 벌초를 하다

추석이 한참이나 지난 어느 날 눈꽃처럼 내려앉은 억새물결이 해거름 햇살과 어우러져 눈부신 백화장관이던가요

강 너머 피안에 굽은 등을 부려놓고 싶은 것일까 아니면 헉헉대는 삶이라도 어디론가 가야만 하는 길이 있어 끝없이 페달을 돌리는 것일까 색색으로 치장한 은륜 무리들 억새물결 사이 꽃무리처럼 일었다 지고 다시 피어올라 해거름 강물은 마치도 유장하게 이어지는 생을 닮았던가요

발이 묶인 채 시커먼 오장을 드러낸 강물을 닮은 허름한 가계라도 놓을 수 없는 끈을 붙잡고 살아가는 것처럼 어머니는 매년 이맘때쯤이면 벌초타령으로 잡도리를 하시는데요, "꼭 니 새끼들이랑 같이 가야헌다, 꼭" 한 꼭지 더 붙여서 말이지요

올 추석도 어김없이 때를 놓치고, 어머니의 지청구 한소쿠리 뒤집어쓰고 나서야 죄인처럼 아들 놈 앞세우고 벌초하러 가는 길목에서 병정처럼 실해진 아들놈 목소리와 손목 언저리에서 나와 아버지 할아버지의 면면한 강물이 출렁이고 있음을 알아차리기도 했는데요

벌초하는 동안에도 내내 어머니 지청구가 눈부신 햇살과 부딪히며 눈시울을 참 따뜻하게 적셔주기도 했는데요

억새바다를 지나다

이제는
더 이상 사랑이라거나
생의 우듬지가 벼려지지 않는
나이가 된 탓일까

시신처럼 꺼져버린 내 안의
강물을 들여다보고 싶은 까닭은

놓쳐버렸다고 믿었던 시간 속
시퍼렇게 굳어버린 세월의 더께 밑에서
신음처럼 흐르고 있는 신열이
열꽃으로 피어나는 탓일까

몸부림치는 생의 뒷모습을 닮은
억새 백화물결이

차갑게 식어가는 세월의 옷소매를
한사코 잡아당기는 까닭은

법성法聖에서 봄 속俗을 만나다

나는 법法을 모른다 더구나 성聖이야
어찌 꿈이라도 꾸겠는가, 그런데
내 속성俗性은, 시방十方 봄을 닮아
들뜨고 시건방지기 그지없다

불성佛性을 닮았다는 천지간의 물성物性들
제멋대로, 비린내 물큰한 시전거리
푹푹 썩어가는 세상 아랑곳없이
노랗고 푸른 향기들 스스로 그러하느니

나는 법法보다 성聖보다 속俗이 성性이다
그래서 나는 종일 그들과 퍼질러 앉아
화주花酒를 마시며 노닥거리다, 나비처럼
봄, 꿈에 빠질 수 있는 거다

유두 무렵

유월은 연의 흔적이다

날 선 햇살
들썩이는 몸뚱아리

밤꽃은
달뜬 사내들처럼 향기롭고

장미는
염탐하는 속곳처럼 붉다

나는 늘 연애를 꿈꾼다

오늘 이승
여지없이 찰나다

하여, 가슴 뛰는 일마저
사라진다는 것은 너무

가혹하고 쓰리다

3부

혼자 힘들어하지 마라, 이 지상은

아프고 쓸쓸한 것들 천지다

전장포 갈매기

전장포에 가면
절로 한 마리 갈매기가 되리

평생 굽은 허리로 살다
오젓이 되고 육젓이 되는
새우를 닮은 갈매기 만나게 되리

세상에서 가장 작은 여린 목숨들
세상에서 가장 촘촘한 그물망에 걸려
세상에서 가장 맑은 젓국이 된다는 새우들

허공에 매달린 백비
한사코 떠나지 못하는
갈매기들 만나게 되리

허망하게 사라진 시간 속에
아무렇게나 부려진 포구라도
기꺼이 제 바다 들어쥐고⋯.

끼룩 끼룩 꺼억~꺽
울어 외는
생애들 만나게 되리

그대만 아픈 것이 아니다

다들 그렇게 사는 것이다
꽃이 피고 잎이 지듯
오고 가는 길목에서 만나고 헤어지듯

우리 모두는 그렇게 사는 것이다

나만 특별하거나 그대만 외롭고
쓸쓸한 이유가 있는 것이 아니다

바람이 불다가 멈추듯이
꽃이 피고 잎사귀 무성해지고
한 조각 과실을 남기는 순간 어디론가
여행을 떠나듯 사라지고, 또 어느 결에선
연둣빛 잎사귀가 돋아나는 것처럼
다들 그렇게 사는 것이다

나만 불행하거나 아픈 것이 아니라
행복한 순간이 있듯이 그대도
그렇게 아프고 슬픈 것이다

혼자 힘들어하지 마라, 이 지상은
아프고 쓸쓸한 것들 천지다

홍
시

아무리 아프더라도
내 살 한 줌이면 될 거라고

어떻게든 견뎌내기만 하면
칼바람도 은전처럼 빛날 거라고

너를 안고 살 수만 있다면
다 도려내고 뽑혀도 된다고

절실한 마음 하나면, 죽음도
지나가는 폭풍일 뿐이라고

산 밭머리 홍시가
뚝뚝 몸을 던지네

연인

로맨스라는 말에는 연애보다
꿈이라는 미지가 실체인지 모른다

꿈같은 이야기 속 지친 욕망이
똬리를 튼 채 도사리고 있어

나와 너 사이
애처롭게 진저리치고 있는지 모른다

부
세
와
함
께
취
하
다

부처의 법이 처음 전해졌다는 법성포는
봄꽃 화음으로 지천이 다 법이고 성이더이다

때마침, 꽃바람 야단법석 위로 굴비가 올라앉아
법을 설하고, 굴비 찬가가 구워지고 삶아지고 찢어지며
법신잔치가 열리니, 성과 속이 하나가 되는 가히,
입전수수 경지의 보시제전이 아니고 뭐겠소

그런데 영 꺼림직한 것이 이 사람 눈에는 다 같은
법신 같은데, 그 대접은 영 딴판인 부세를 만났는데
그 연유를 물어보니 계급장이 없다는 것 아니겠소

사람으로 치자면 애시 당초 태어날 때 대가리에
단단한 계급장을 달고 태어나야 한다는 이치니
이런 밴댕이 콧구멍 같은 소리가 어디 있겠소

하여, 나와 체수가 비슷한 말라비틀어진 부세와 함께
괜한 흰소리 난장질 치며 과하게 대취한 것인데

꺼이꺼이~거시기 뭣이냐, 부세 법신 왈~고려 적
이자겸이 같은 난장판 허세나 시방 세상 돌아가는
꼬락서니나 비스무리 한 것이 하루이틀 아닌 바,

허허허 그냥, 내비 둬 버리게, 계급장 없이도
스스로 그러한 저 꽃잎들 한 번 보게나…,

알싸한 향을 감쳐 문, 제 속살을 온 천지에
공양하는 것 좀 보시게나…허허허

오
수

늙은 화쟁이들 따라나선 생일도
낡은 스레트 지붕위엔 땡볕 불 아지랑이

어항은 멍~하니 비어 있고, 파도마저
불 사막에 갇힌 듯 기척도 없다

평생 먹물 머금고 살아 온 화쟁처사들
염천마저 물들일 작정인지 오지랖 묘연하다

불현듯 외롭다가 모처럼 고적하다
하릴없이 빠져 든 오수삼매

접시꽃

밤새 술이 되고 만 화,문기행
퀭한 눈으로 일어난 아침 평상에서 만난 햇살
가시에 찔려 휘청거리는 순간,

"시詩가 뭣이여!
지 몸뚱이 하나 못 추림서 시는 무신 얼어 죽을 시詩여
얼른 썻고 밥이나 묵어!"

느닷없는 아내 지청구 소리
화들짝 놀래 실눈 의뭉하게 떠 보니

층층 붉은 접시꽃 만만
눈부시게 벙글고 있는 거다

낚시

땡볕 아래 앉아
생에 대해 묻는다

대어를 열망하는
너는 누구인가

빈 통발을 채우기 위해
자신의 덜미를 낚아채는 수작
기약 없는 미끼 같은 것은 아닌지

한사코 팽팽하게
당겨보고 싶은 나에게

묻고 또 묻는다,

은적암에서

산중에 앉아서도 세상사 이치를 꿰뚫는다는
이름만큼이나 은일함 속 고적에 드신 스님

살아가는 일이 이토록 성가시고 시끄러운데
스님께선 홀로 자적하시니, 이 눈 뜬 장님
궁극의 종지宗旨 하나 얻을 수 있겠는지요

스스로 시끄럽고 성가신 모양이구나
찻물이 끓고 있다, 조금 기다렸다가
찻잎과 함께 넣어라

스스로 차가 되기 전까지는
향이고 나발이고 마셔봐야
말짱 공염불이니라

천태산에서 천승세千勝世를 만나다

하늘의 별 천태가 떨어져 행목이 되고
천 년을 견딘 행목이 범종이 되고
불온한 세상 영생을 비는 용두어신
목어가 된 전설이 있다

쑥대밭이 되어버린 강호의 변방에서
고사목 같은 몸집에 희디 흰 골검 하나 품은 채
끝끝내 시방十方을 향해 사자후를 토해 내는
학발 청년 있다는 소문이다

만물만사는 걷어 낼 것
하나 없을 때, 참으로 희다

세상의 끝이 어디 있다는 말인가

시작도 없고 끝도 없는 것이 삶인데

사람들은 부처를 얘기하고 법을 논하네

해남이라 땅 끝 달마산에 올라 티끌 같은

쪽 배 암자에서 나는 확실히 보았네

중이 고기 맛을 알고 난 뒤 탯거리와

소위 법이라고 나불거리는 문자가 얼마나

귀신 씨나락 까먹는 소리인지, 때론

개가 풀 뜯어 먹는 소리보다 못한 것인지

그냥 지나쳐버려야 할 인연이 무엇인지

달마와 포구 사이 절 집이 일러 주었네

인연 포구

— 함부로 인연을 맺지 마라. 진정한 인연과 스쳐가는 인연은 구분해서 맺어야 한다. 진정한 인연이라면 최선을 다해서 좋은 인연을 맺도록 하고 스쳐가는 인연은 그냥, 지나쳐버려야 한다 (법정).

인
정
머
리

"이런 인정머리라고는 손톱만큼도 늙아, 이눔아
그런 가슴을 가지고 어떻게 시인이라고,
정신줄 다 팽개쳐 놓고 무슨 놈의 시를 쓴다고, 끌끌끌

마음도 떨리고 몸이 떨려서 말조차 나오지 않는다
혼 줄을 칼날처럼 벼려놓고 살아도 엉망진창인 세상인데
너 마저 그 모냥이니, 내가 참, 허허 참, 기가 막히고
코가 맥힐 지경이다 이눔아,

그라고 그렇게 무심해서야 어떻게 무슨 재미로
이 더러운 세상을 견디겠느냐! 손목댕이가 없냐,
아니면 어디 가서 뒈져부렀간디, 소식 한 통이 없냐"

어느 스산한 늦가을, 전화통에 남겨진 일갈!
아니, 시퍼런 칼날에 머리통이 잘려진 채

시방十方이 다 불구덩이가 되어버렸습니다

상
강

어느 날
처소에서 우연히 발췌된
켜켜이 내려 엉긴 홀아비 냄새

망연하고 자실한 제 풀에 왈칵,
무연히 열어젖힌 창문 너머

일말 여지도 없이 들이닥쳐
싸대기를 후리던 상풍 한소끔

얼얼하게 얻어터진 실연처럼
오싹했던 아침 그 서릿발

4부

물러터진 주먹밖에 없는 나는 어떻게 살아야

진짜 수컷이고 당당하고 떳떳할 것인가

단
풍
나
무
숲
을
걷
다

한 생애 걸어도 좋았을 그 사람
더께가 되어버린 상처가 내어 준
아득하기만 한 소실점 따라
시큰한 눈시울 닮은 숲길 걷노니

저기, 핏물 뚝뚝 들던 붉은 시절도
이렇듯 하염없는 적막만 남긴 채
석양의 휘파람 소리로 서걱이네

더 깊어지고 쓸쓸해진 그대
머나먼 시간을 사위어 내며
시린 발등 적시며 가네

대폿집에서

칠순을 코앞에 둔 충청도 출신 두칠이 아저씨 왈

"나이를 먹고 난 게 마누래가 점점 무서워지드라고, 어느 순간인지는 몰러두 내가 허는 말에 씨알이 맥히지 않는다 싶더니, 인저는 완전히 늘어진 불알신세가 되버린 겨, 마누래 위세가 나랏님은 저리 가라여, 지 멋대루여~행여 말에 토를 달거나 헜다가는 쥐도 새도 모르게 혹, 가는 수가 있었다 싶은겨~, 그래서 나두 터득한 겨, 비장한 한 수 말이어, 찾아 냈는디, 신통 허드란 말이어 뭐냐고~? 들어봐 이 사람아 뭣이 그리 급혀~어, 요새가 입동 아니여~?, 저 떨어진 낙엽들 좀 봐봐, 건들바람에도 혹, 날아 가잖혀, 우리 같이 바짝 말라 분 신세들은 입살 한 방에도 혹 날아가는겨~, 안 그려~? 근디 거기에 물을 뿌려봐 엔간헌 바람에도 안 날라가잖어~그러니께 마누래 앞에서는 절대, 아니 털 끝맹큼도 대들거나 시비걸지 말라는 거여, 비 맞은 이파리처럼 바짝 엎드려 있으란 말이어~ 마누래 눈앞에서 쓸데없이 나대거나 알짱거리지 말구~"

"아따, 회장님 그랗게 젊으셨을 적 사모님 속께나 썩이셨는갑구만이라우, 시방. 긍께, 인자 영코 칠티로 보복 당하시는 것 아닌지 몰겄네요,잉"

"먼 소리여 이 사람아~이래뵈두 내가 바람피다 걸린 적 한 번 없구, 뼈 빠지게 일혀서 착착 갖다 바친 사람이여~지금까정, 그래두~나이 묵은 게 다 소용 읎드라구, 그 때는 그 때고~ 아무튼 신세가 그렇다는 거여~, 뭐~혀, 이 사람아, 술 잔 비었어~

구
라
는
살
아
있
다

감히 시를 쓴다고 설레발을 치는

너희들 너 말이야, 너

시를 쓰다가 시 때문에

하다못해 저 쥐새끼 밥통만 헌 대반동*

백사장이라도 보듬고 컥컥,

피를 토해 본 적 있냐고…,

그것도 못 해 본 놈이 시,

시인이다, 고 안 알아준다고?

지랄염병을 헌다고, 누가

너보고 시 쓰라고 헌 놈 있냐고

니미 뽕~이다

그냥 술이나 퍼 묵고 살제

되도 않은 시를 쓴다고 허는지

모르겠다고 하던…엊그제 같은

자타 공인 목포3대 구라였던

영인 형과 삼십 년만의 해후邂逅

탁배기잔 속에서 벌겋게 달아오른

시여, 시인이여

*목포 선창가에 있는 작은 포구

봄
날
— 2014

나이 쉰 넘도록 반듯한 시절
한 번 살아보지 못한 채
늘 진저리쳐야 견딜 수 있는 이,
봄 날

갈기갈기 찢고 물어뜯다
스스로 악성 루머가 되고
종양이 되어버린 나라

바다에서는 봄 그대로인
어린 꽃눈들이 시퍼런
얼음장이 되어야 하는 이,
육시럴 봄 날

꽃잎 같은 순정인들 무슨 소용이며

생이 더 깊어진들 무슨 대수란 말인가

사람이 살 수 없는
마을이 된 지 오래인 이,
개 같은 봄 날

우환
—— 2014

시나브로 화란, 사태다
화르르 화르르 꽃꼭지 열리는 소리
화들짝 놀래 볼우물 감싸 쥐는 소리

꽃등 올리는 소리 어머머 어머머
가슴 여미는 소리 화우~화우~
거칠어진 숨결 꽃눈 풀려가는 소리

동매 개나리 벚 목련 두견 도화 조팝 앵도
일찍이 이년들, 시절 거스른 난적 떼처럼
우르르 몰려나온 적 없었나니,

부스럼딱지처럼 가려운 이 봄,
동티 안 날나나 몰라, 이 세상

팽목항에서

4월아, 너는 더 이상
이 땅에 오지마라

꽃아, 피지도 말고
새들아 피딱지 같은 세상
소식 전하지 마라

파도야, 너울아
끝끝내 목 놓아 울부짖어라

세세생생, 꽃잎 스러진 그 자리
우레가 되고 천둥이 되어
저주하고 저주하라

장정자 여사 출세기

1940년 팔월 염천머리 오사덩칭허게 비가 쏟아붓던 날 아니겄는가. 우뢰와 천둥이 온 밤중을 다 삼키고도 남을 지경이었는디, 이무기가 용이 될라고 그랬던가벼, 산달이 넘어가던 그 날 밤 불알을 차고 나온 것이 아니라 해필 도끼자국으로 태어나 분 것이어. 그랑께 그 기운이 오죽 허겄어, 엔간한 사내새끼는 감당을 못 헐 팔자제. 모르긴 몰라도 아마 사내로 태어났다믄 엔간헌 자리 하나는 꿰찼을 것인디, 기집으로 태어난 것이 팔자가 틀어져 분 것이제~똥구녁 찢어지는 집구석 만이로 태어난 것도 큰 죄가 되어 분 것이고~잉 그란디, 그 때 태어난 장정자 여사가 나이 팔십에 기필코 팔자 값을 해 분 것이어, 뭣이냐, 당신이 사는 아파트 노인회장으로 선출되어 구청에서 임명장을 받은 거여. 당신은 할 수 없다고 한사코 손사래를 쳤는디, 노인회 회원들이 당신이 해야 쓴다고 통사정을 허는 바

람에 헐 수 없이 수락을 했다는 것이어~거시기 노인회
가 제대루 돌아 갈라면 야문 사람이 해야 쓴다고 험서
말이어.

　요새 같은 시상에 자리를 마다 허는 사람이 어디 있
기나 허등가? 뭣인가 해묵을라고 눈에 산불을 쓰는 시
상 아닌가 말이어~그랑게 장여사는 비록 째깐헌 아파
트 노인회장이지만 추대를 받은 진정한 공직자라 이말
이어~안그려? 그라고 재미진 것은 회장 수락 조건이어
~뭣이냐 하면 "그랑게 나는 장부정리 같은 것은 학교
를 안댕겨서 잘 모른다 그랑게 누가 그것을 책임지고
맡아 준다고 허먼 가닥은 내가 추릴 수 있겄다"이랬다
는 거여, 혀서, 공무원 출신 남편을 둔 이 아무개 할마
씨가 총무를 자청험서 고것은 자기가 책임을 지겄다고
혀서 소위 말해서 런닝메이트가 되어 시방까지 노인회
가 잘 돌아가고 있다는 거여,

　그 전에는 뭣인가 쪼까 껄적지근허던 일들은 물론 사
소한 감정들까정 개안해져 부렀다는 야그여~그랑게
회장님 대하는 태도들이 예전과는 생판 달라져 분거여
~고것이 뭣인지는 몰라도 장여사가 취임험서 한마디
혔는디, 그 말은 거 뭣이냐 요샛말로 그 방향과 뜻이 포
괄적으로다가 포함되어 있는 것 같다는 것이어, 잉

"못 배우고 가진 것 없제만, 나는 평생 남의 살 가져
다가 내 살에 붙여 본 적 없응께, 그렇게만 허 먼 뭔 일
있겄소? 남의 살을 내 살에다 붙일라다 본 게 사달이 나
는 것이제~! 안그요?"

봄
꿈

— 범띠 여인들을 위한 노래

아, 일순이로다
화들짝 놀란 삼월 춘심이여
그대들은 어느 화사한 시절을 들어
진저리친 꽃 멍울이었는가

그대 안의 뜨거운 불씨는
꽃 대궁 꽃자리 아직 청청하다고
거울 앞에 앉아 갈무리하는 오월,
지천명의 여인들이여

아직은 푸르디푸른 귀를 매단 채
꽃 멍울 터지는 소리 듣고 싶은
청춘들이여

일순이라도 봄꿈이 있어

생은 찬란하노니, 그대들이여
세세생생 꽃처럼 여여하시라

예의 푸른 혁명가들이 자본의 아가리 속으로
밥통과 명분을 팔면서 권력의 그늘로 사라져버린 후
혁명의 거리는 기나긴 침묵에 휩싸이기 시작했다

차디찬 엄동의 빙벽이 옥죄어 오는 동안에도
갇힌 채 얼어 갈 뿐, 이 싸늘한 냉기를 내리칠 깃발,
끝내 세울 수 없었다

시방, 세상은 칼끝보다 아린
표창 같은 눈발이 한창이다

애틋한 봄을 예견해 주던 이불 같은 목화송이 눈은
시퍼런 비수가 되어 가슴에 꽂히고 있다

염치가 사라지고 예가 무너져 버린 누항陋巷엔

피 묻은 이빨들이 제 살점 물어뜯으며
춤을 추고 있다

하여, 저리고 아픈 세상을 더 절뚝이게 하고
찢겨지고 헤진 마음 더 결리게 하는 그 자리
내 눈빛 하나가 한 땀의 실이 되고
앙다문 입술과 주먹 하나 코바늘 되어
한 수繡 놓아 보자는 것인데
그런 세상 한 번 세워 보자는 것인데

하늘은 시방,
온통 칼바람 속에서 얼어가고 있다

어린 핏덩이 같은 붉은 해가 정월의
차디찬 문지방을 적시며 오열하는 것은
함께 울어주는 새 한 마리 없는 까닭이다

함께 지피고 데울 아랫목이 사라진
목이 꺾이거나 쉴 대로 쉬어버린 어린 새들
울 수도 없이 타버린 목젖을 닮은 시방十方

눈이라도 내려라 하염없이 내려 쌓여
저 검게 타버린 목젖을 적셔다오, 한 세상
소복하게 감싸 안으며 한 통 속으로 구워져
부산을 떠는 아침을 다오

눈아, 다수운 눈물을 닮은 눈아
한사코 내려다오 저, 새날을 여는 햇덩이가

눈부시게 떠오르게 내려다오

검은 쇠 날처럼 변해버린 시절
아프고 쓰라린 상처투성이 가슴들
따스하게 데워주고 안아주면서
내려다오 펑펑 내려다오

오
지[*]

어릴 적 나는 강 포구 길을 따라 살았다
구진포 지나 영산포 얼 품에서 살다
나주 동문대교를 건너 쇠나루 품에서
싹을 틔우고 제법 날개 죽지가 실해졌다

생애 통틀어 거반의 동무들이 다 강
물이고 풀이고 꽃들이다 촌놈들이다
참으로 오지고 오진 일이다, 그 때
그 오지가 찾아 왔다

특별하게 그 오지는 진짜 오지다
사촌 방계를 다 합쳐 줄줄이 딸만 낳다
어머니가 오지를 낳자마자 할머니께서
'워따매 오진 거'하셨다 해서 오지가 된
내 짝꿍 오지가 보름달처럼 찾아왔다

낯선 땅 오지로 떠나 소식이 없다, 고생
고생해가며 한 살림 너끈하게 일궜다는
그 오지가 환하게 벗겨진 머리 들이밀며
40년 만에 오지게 돌아왔다

*어릴 적 친구인 영환이를 우리는 이름 대신
'오지'라는 별명을 항용 입에 물고 살았다.

근황
— 2018

내 무항산의 뱃머리에서
힘겨운 노를 홀로 젓다가
수심마저 무채색이 들어앉은 아내

한사코 날뛰기만 한
익지도 썩지도 못한
내 생

늦가을 무서리처럼 참,
차기도 해라

시 | 이수행 1995년 광주일보 신춘문예 당선으로 작품활동을 시작했다.
시집『영산강』,『시디신 뒤안길』과 산문집『영산강은 바다다』가 있다.
제6회 광주일보 문학상을 받았다.

사진 | 박균열 피규어는 현실의 모방이다. 사진은 이것을 다시 복제한다.
우리는 복제된 모방을 보며 현실을 떠올린다. 이데아는 어디에 있는가.

역락 오후시선

오후시선 01
고요한 저녁이 왔다

시 복효근
사진 유운선

- 2018년 올해의 청소년 교양도서 선정
- 2019년 세종도서 교양부문 선정

오후시선 02
사이버 페미니스트

시 정진경
사진 이몽로

오후시선 03
그대 불면의 눈꺼풀이여

시 · 사진 이원규

- 2019년 문학나눔 선정

오후시선 04
아침에 쓰는 시

시 전윤호
사진 이수환

오후시선 05
울컥

시 함순례
사진 박종준

오후시선 06

그대만 아픈 것이 아니다

ⓒ 이수행 · 박균열 2020

초판1쇄 인쇄 2020년 4월 28일
초판1쇄 발행 2020년 5월 8일

시	이수행
사진	박균열
기획	김길녀
펴낸이	이대현
책임편집	이태곤
편집	이태곤 문선희 권분옥 백초혜
디자인	안혜진 최선주 김주화
마케팅	박태훈 안현진

펴낸곳	도서출판 역락
출판등록	1999년 4월 19일 제303-2002-000014호
주소	서울시 서초구 동광로 46길 6-6 문창빌딩 2층 (우06589)
전화	02-3409-2058
팩스	02-3409-2059
홈페이지	http://www.youkrackbooks.com
이메일	youkrack@hanmail.net

ISBN 979-11-6244-521-1 04810

979-11-6244-304-0 (세트)

「이 도서의 국립중앙도서관 출판예정도서목록(CIP)은 서지정보유통지원시스템 홈페이지(http://seoji.nl.go.kr)와 국가자료종합목록시스템(http://kolis-net.nl.go.kr)에서 이용하실 수 있습니다. (CIP제어번호 : CIP2020016067)」